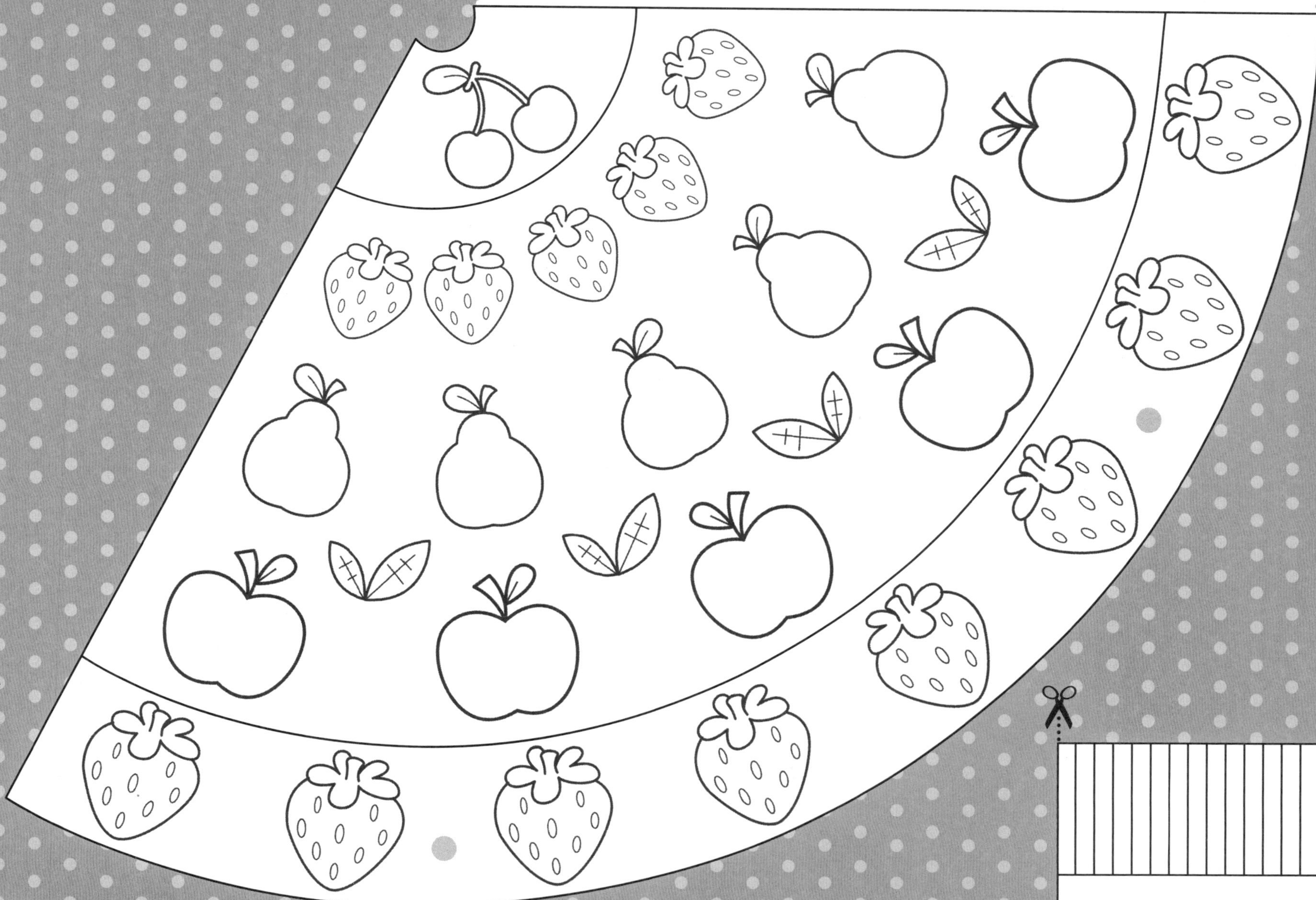

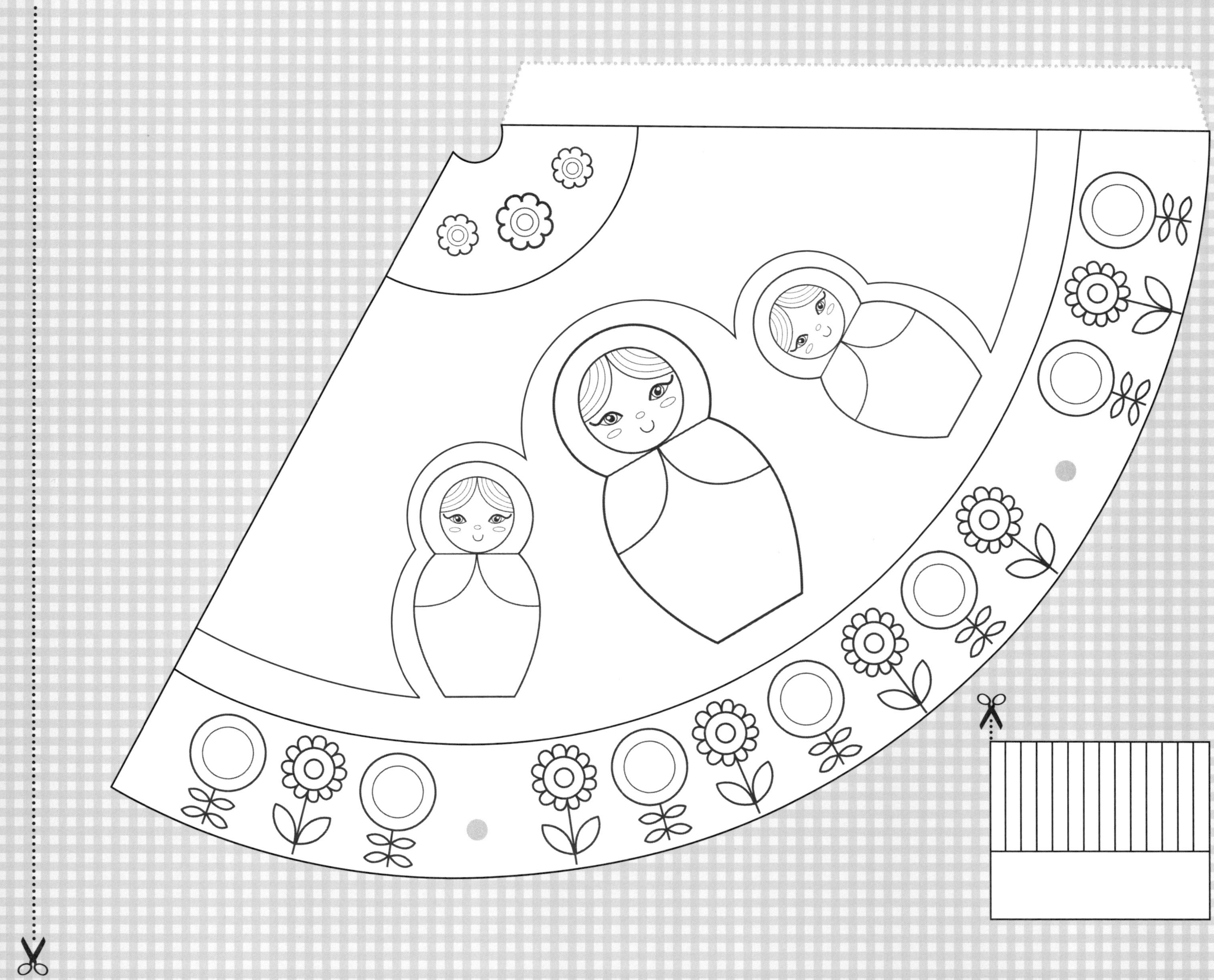

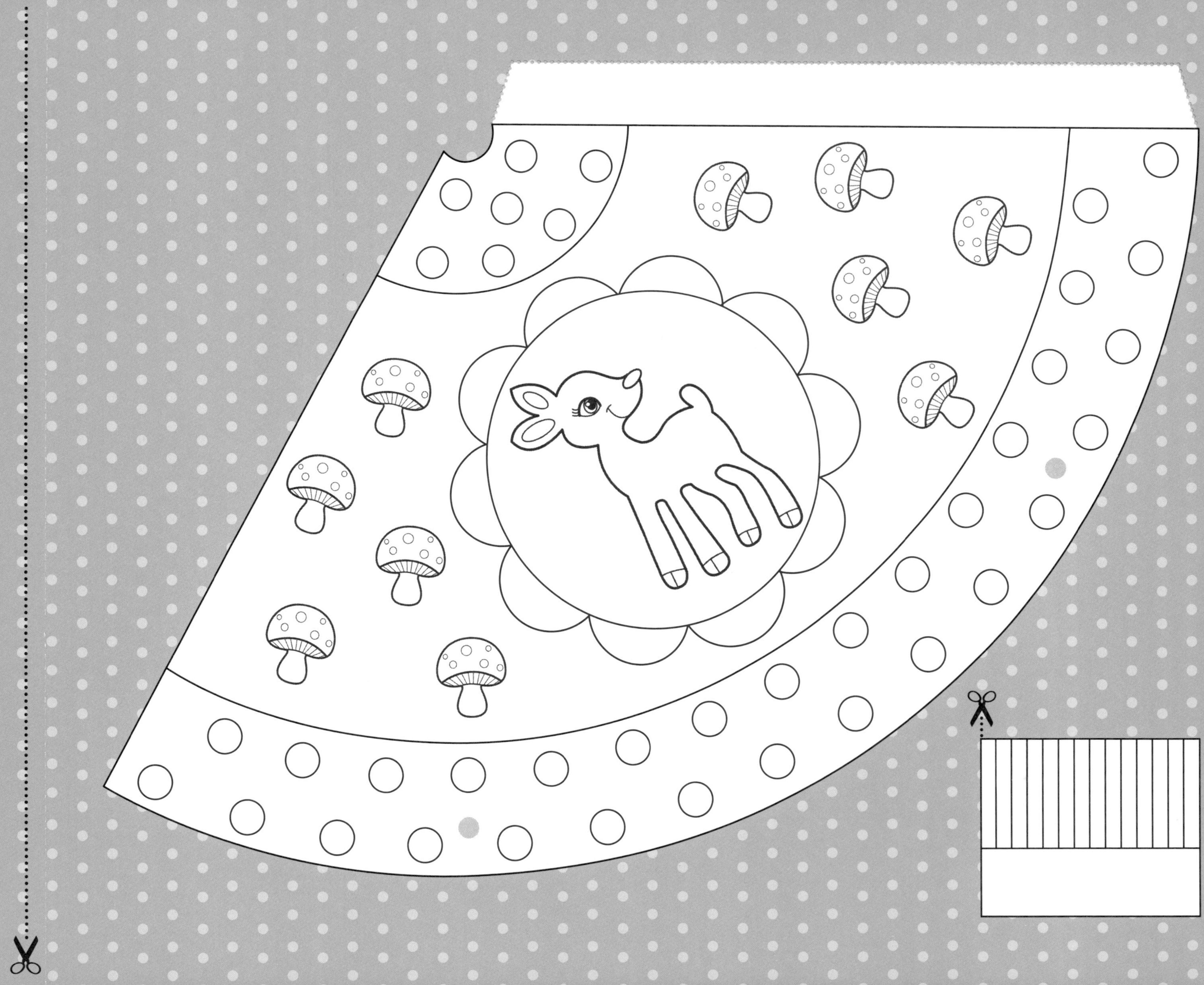

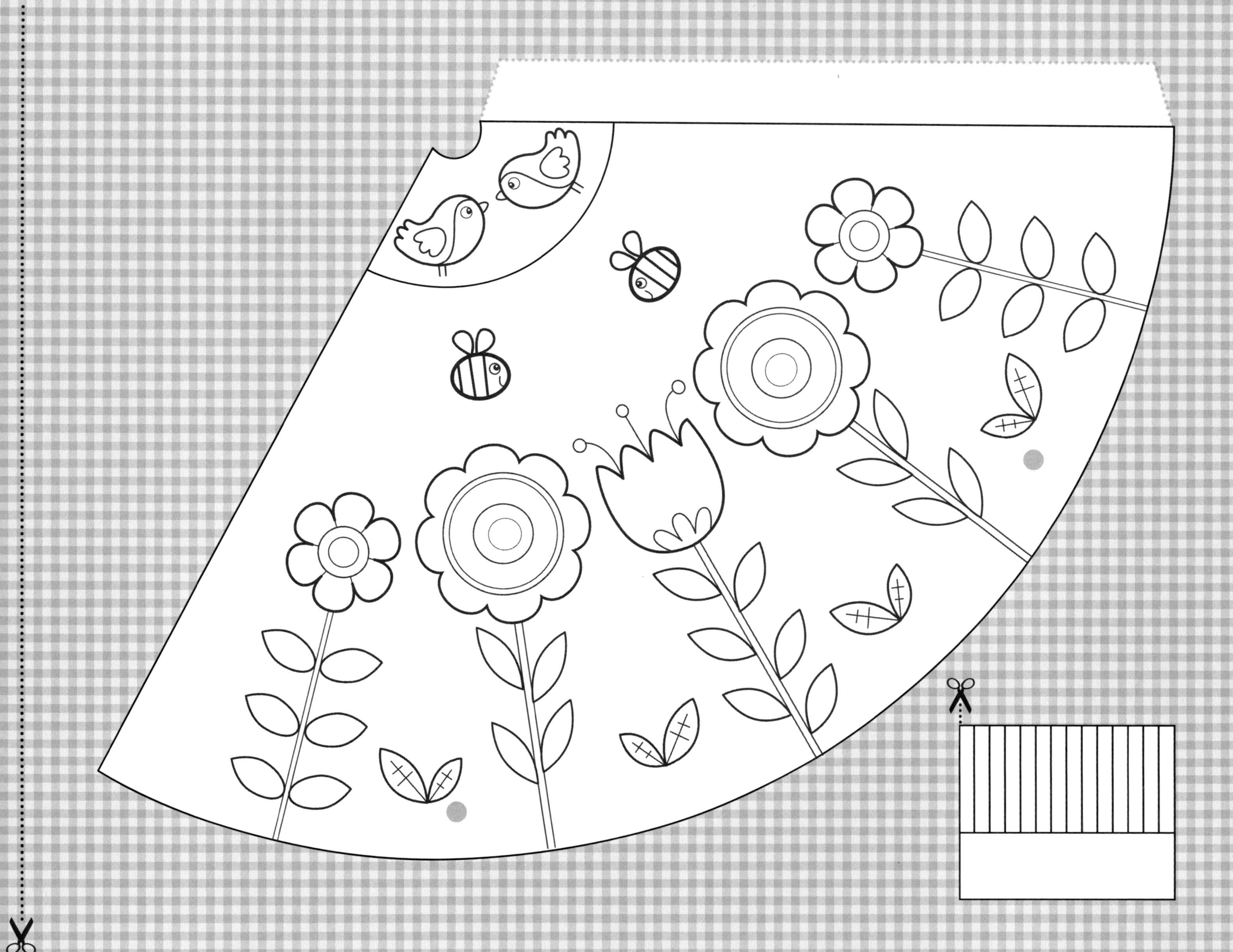

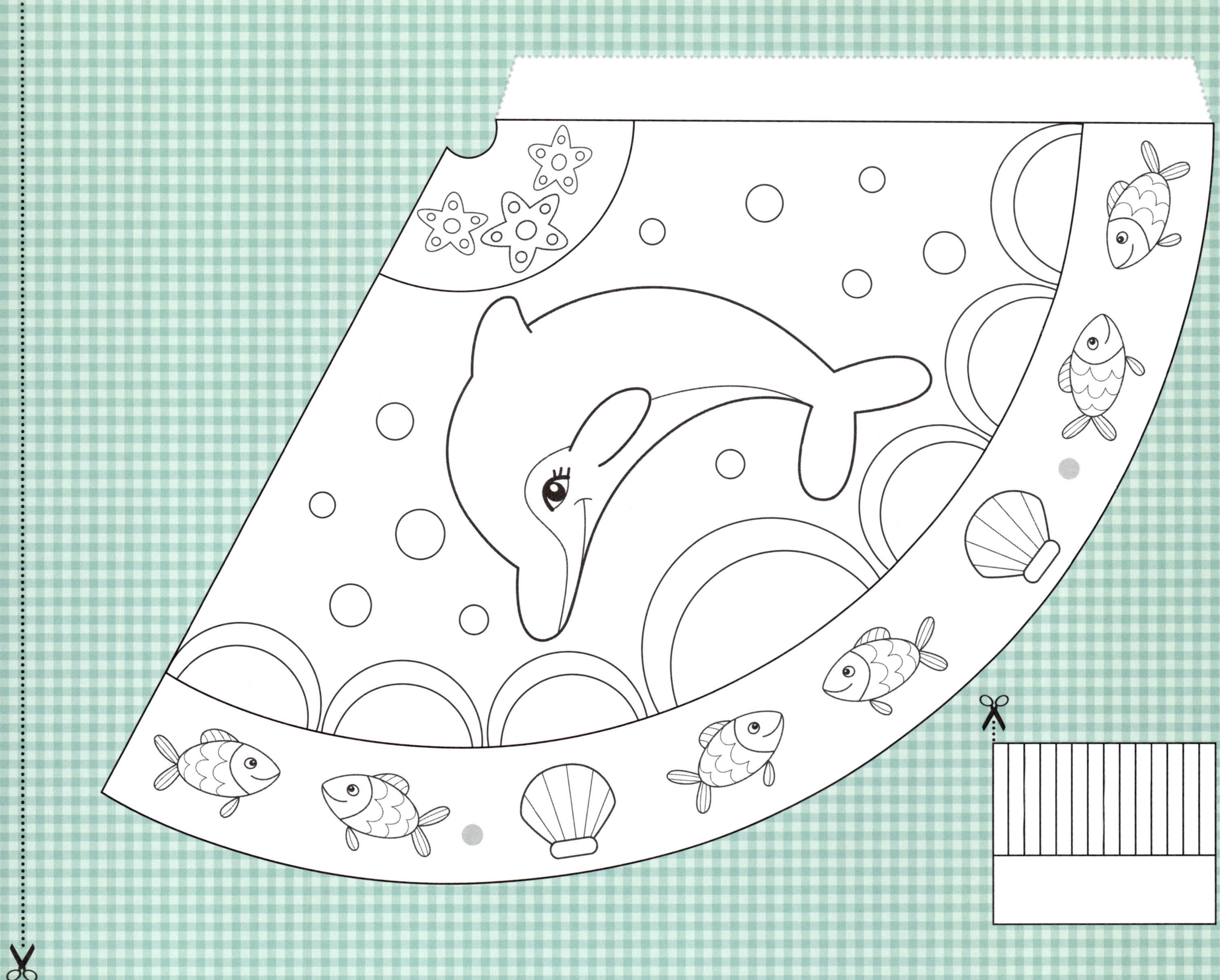

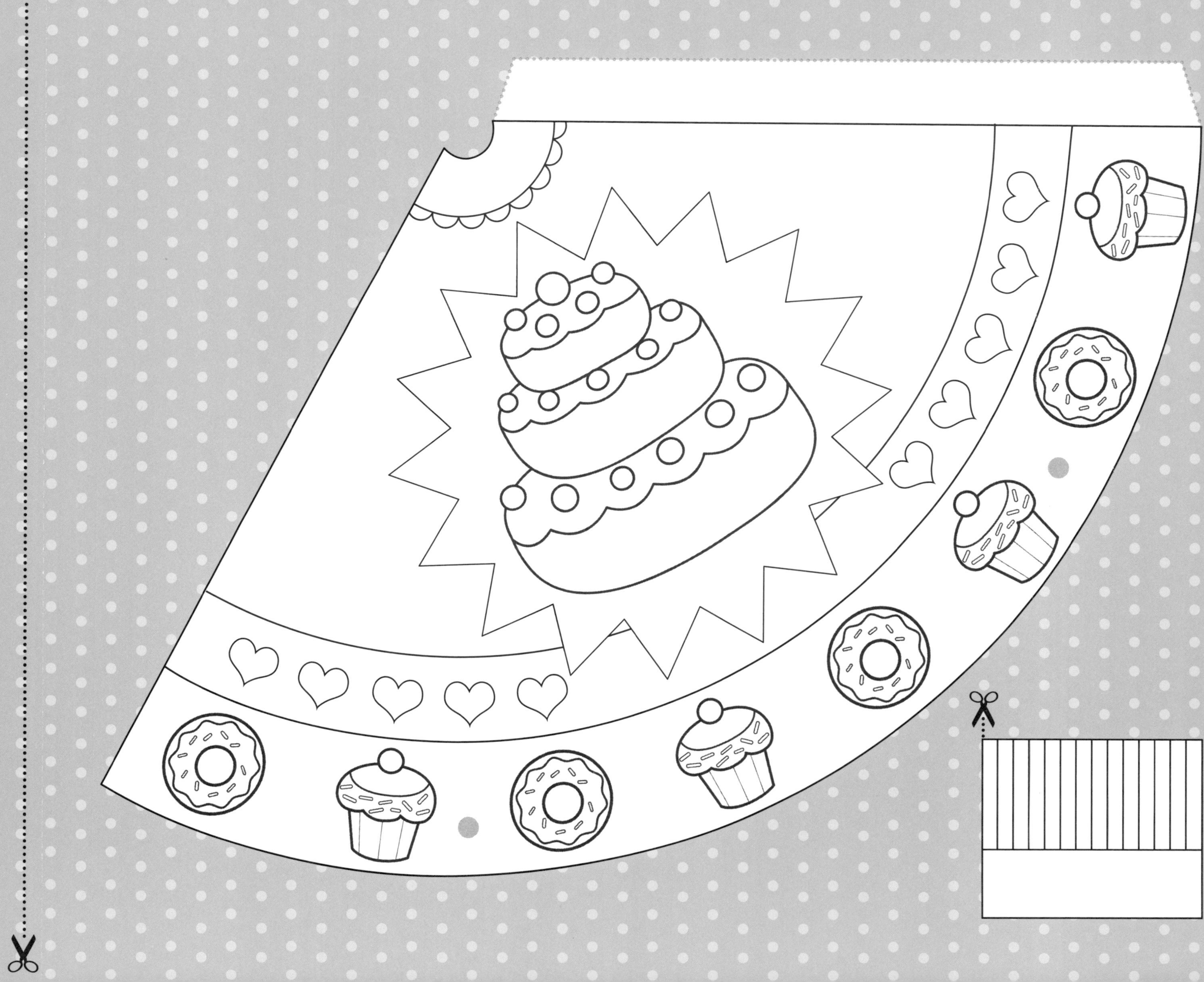

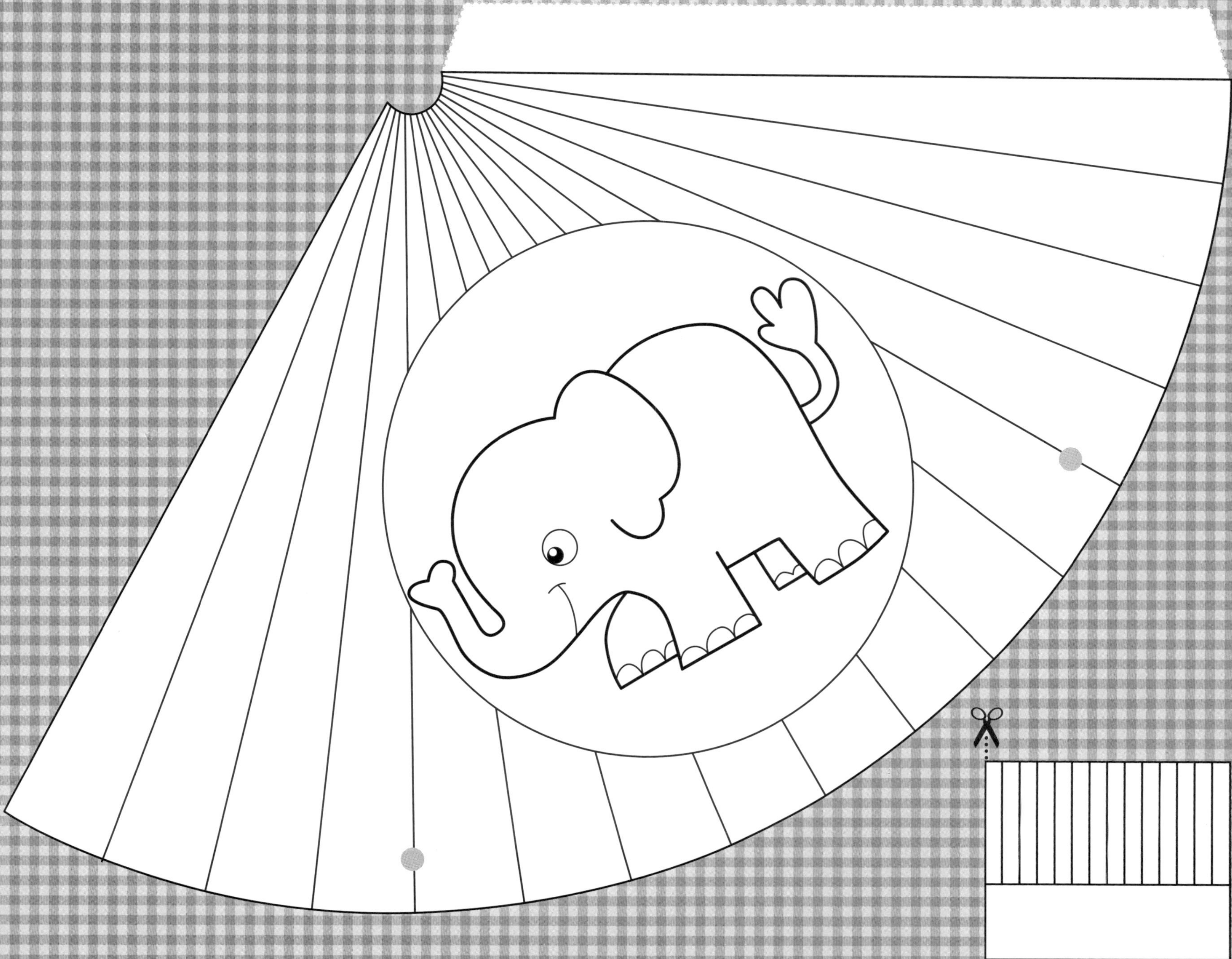

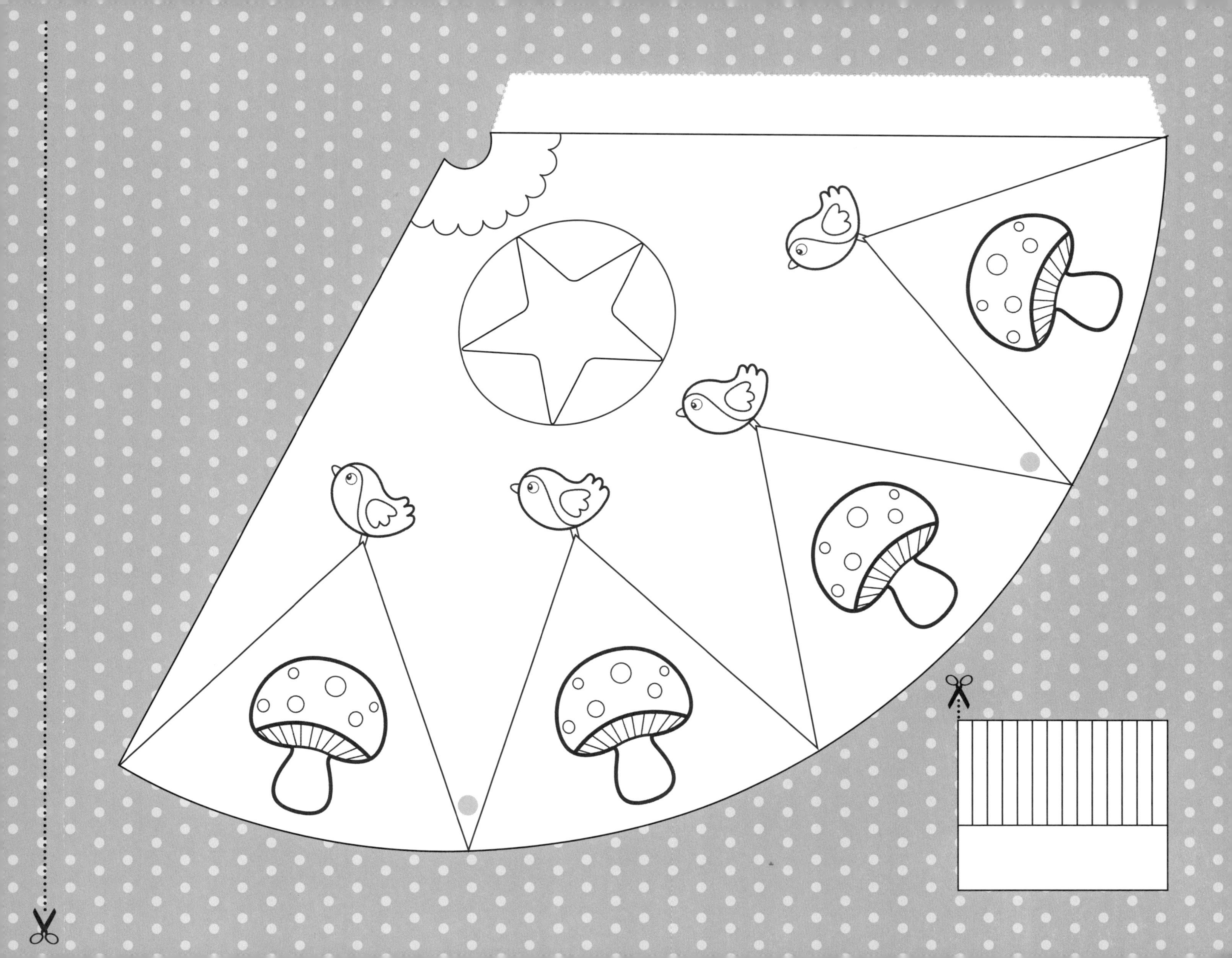

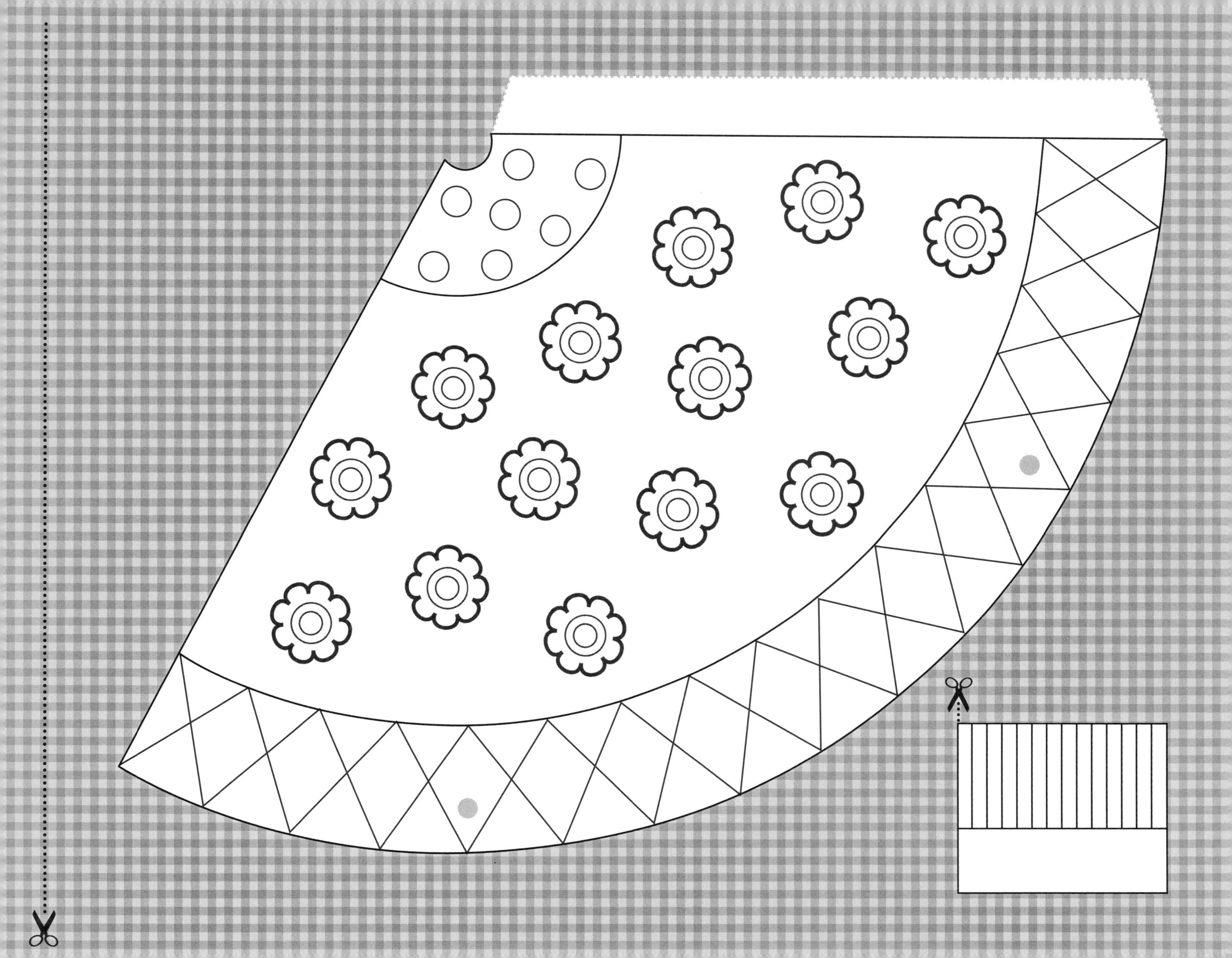

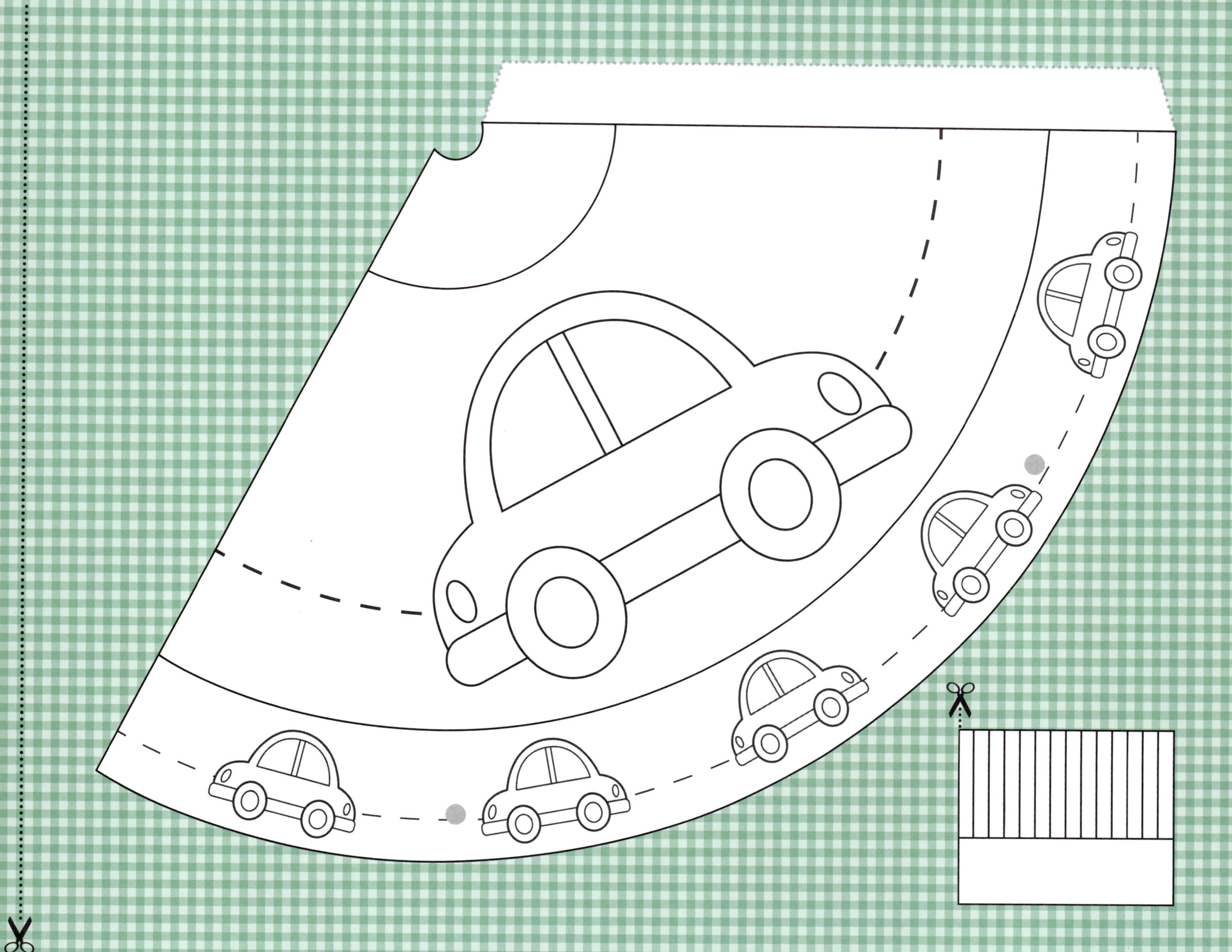

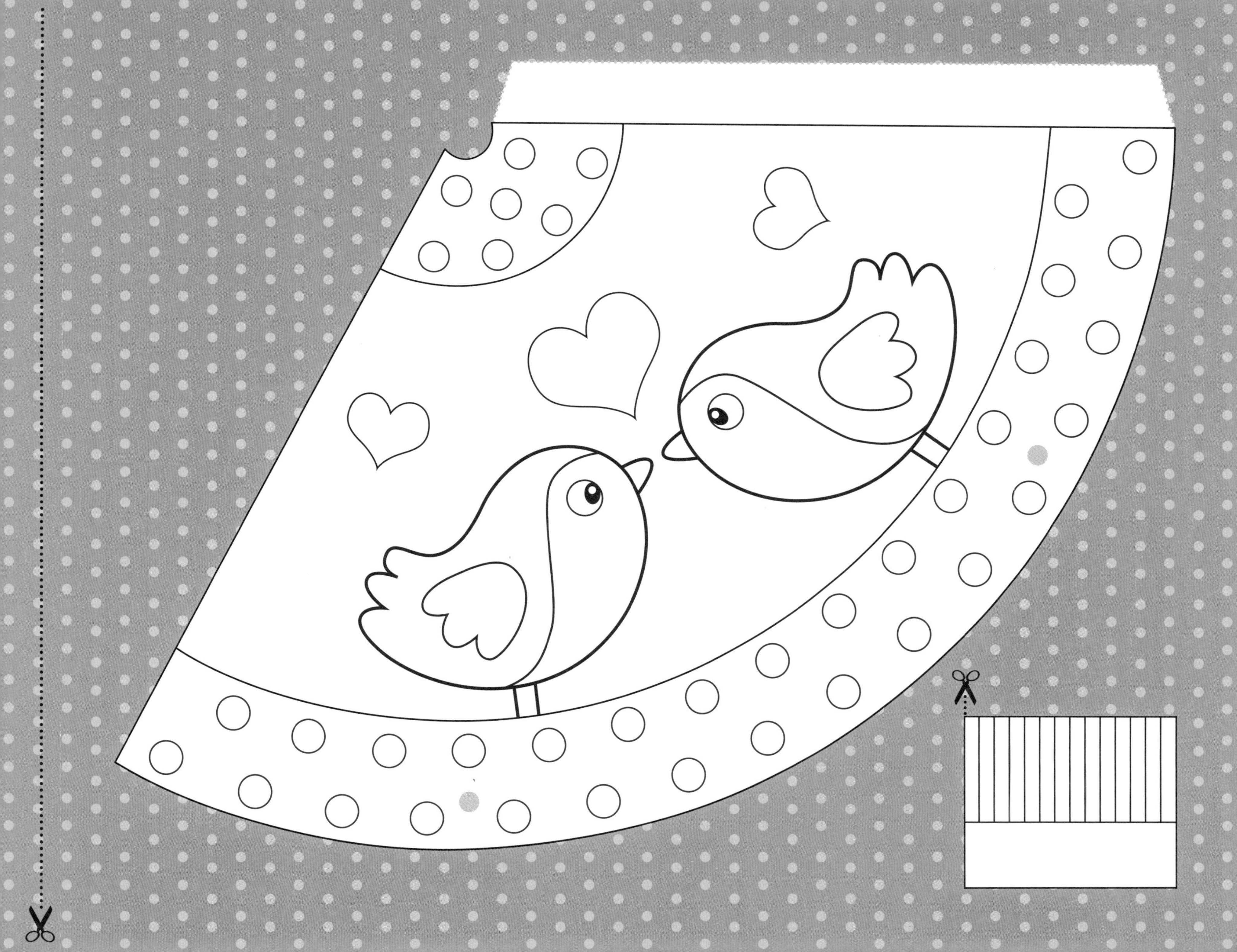

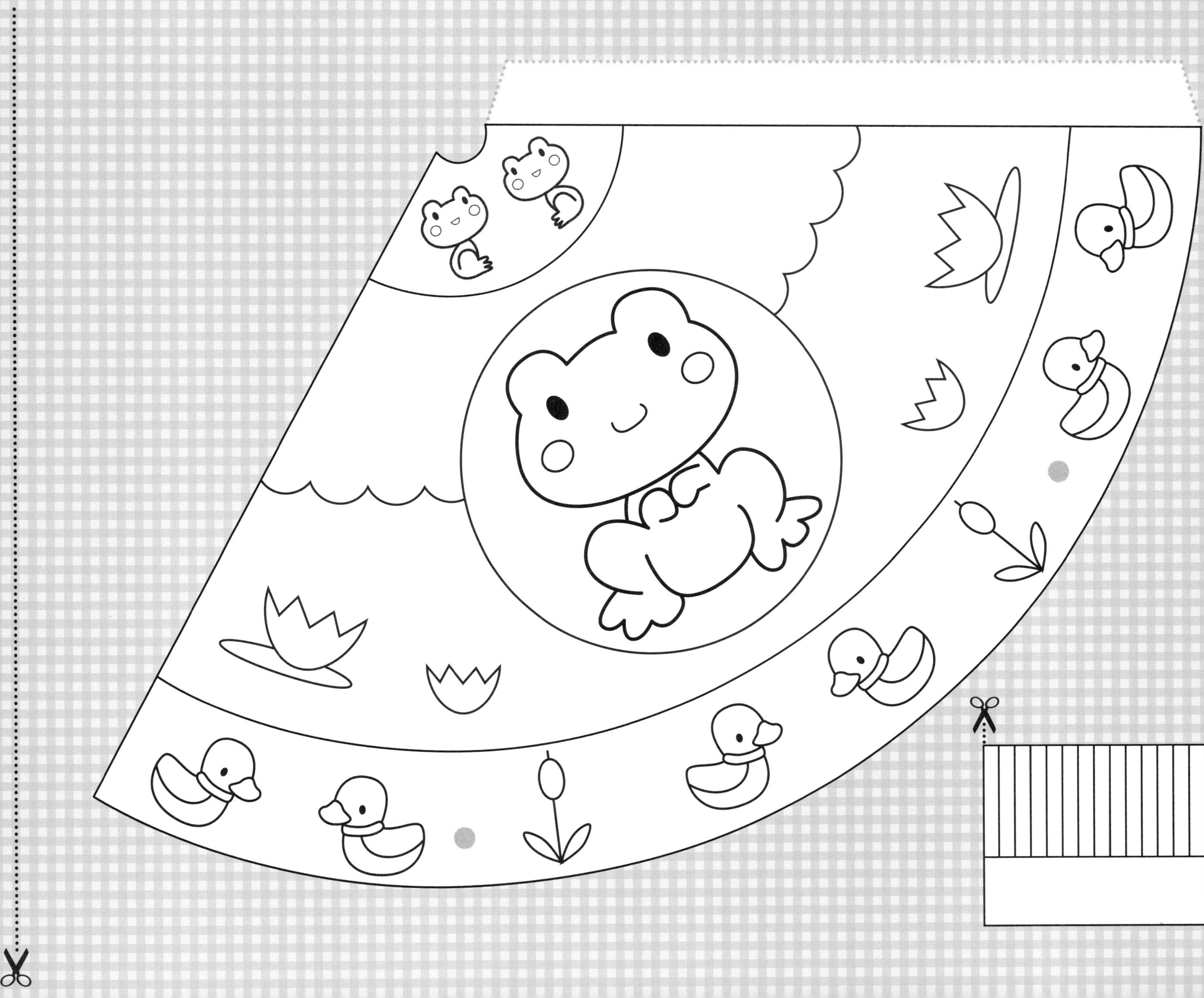

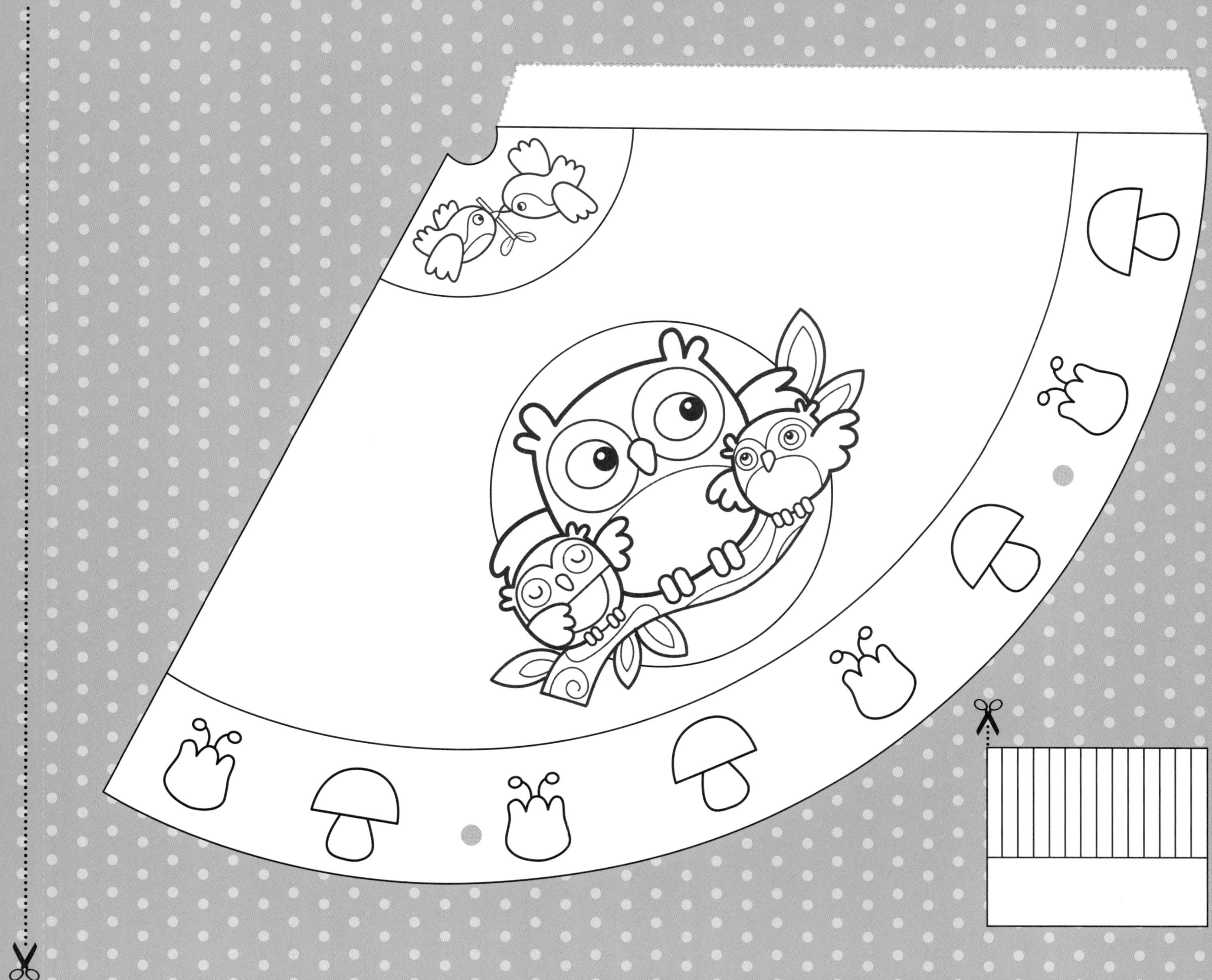

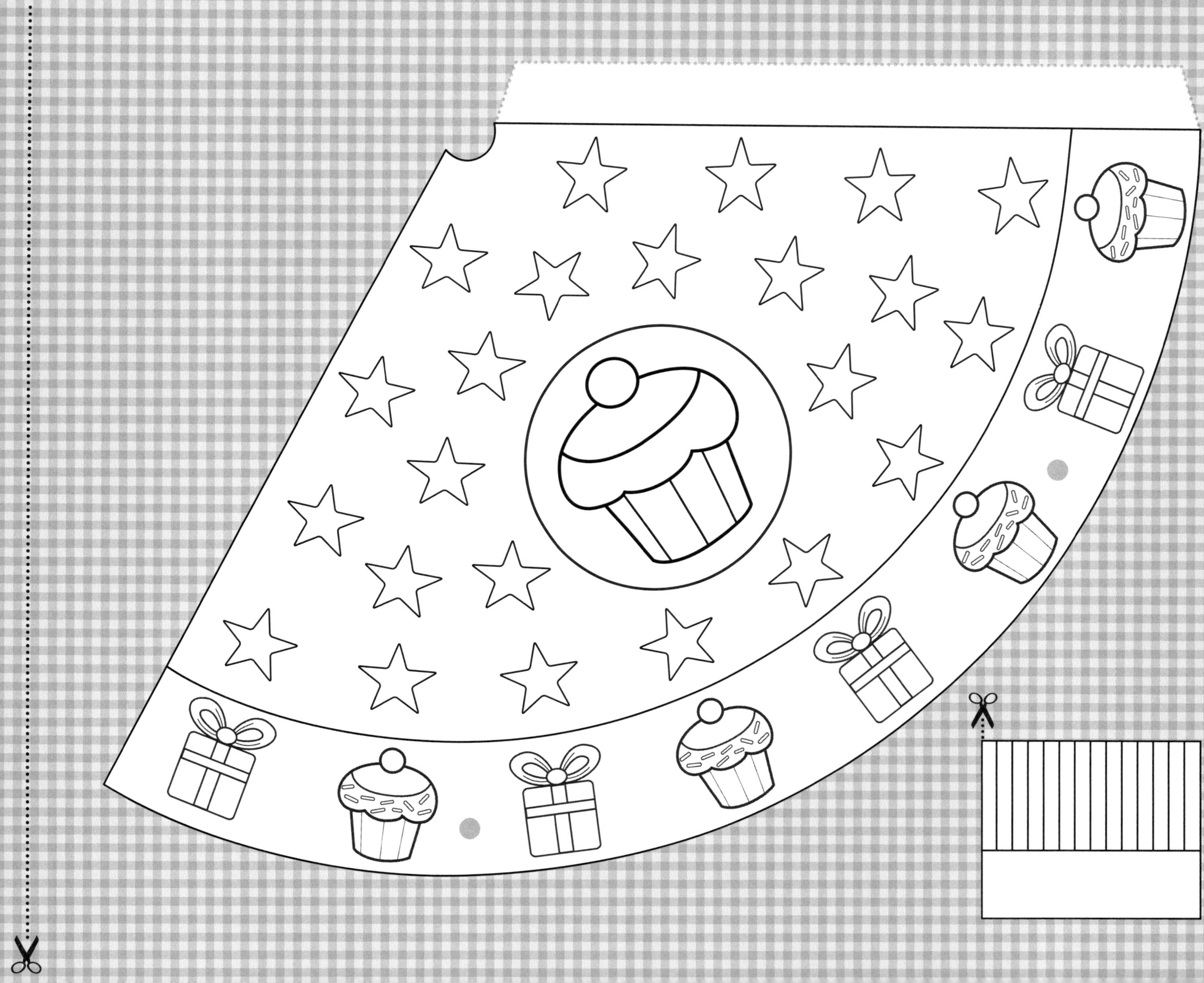